AF313786

26513

LE TRENTE-UN,

POEME EN TROIS CHANTS;

Suivi d'une Satire des Romans du jour, considérés dans leur influence sur les mœurs et le goût de la nation.

Les neuf Muses sont sœurs et les beaux-arts sont frères.

VOLTAIRE.

Prix : 1 franc, broché.

De l'imprimerie de LANDRIOT et ROUSSET, imprim. libraires à RIOM et à CLERMONT.

A PARIS,

Chez {
BELIN, imprimeur-libraire rue St. Jacques.
ANCELLE, libraire rue du Foin-St.-Jacques, au collége de M°. Gervais.

1802. — AN 10.

ÉPITRE

A

L' AMITIÉ.

Tendre ami, dans ton sein j'ai respiré ta flâme ;
Ta muse et tes écrits ont échauffé mon âme ;
Mon esprit à ta voix soudain s'est éclairé ;
Mon cœur a tressailli ; mon goût s'est épuré.
Ton pinceau fait briller les règles dramatiques ,
Sous les riches couleurs des prismes poétiques ;
Tour à tour il respire avec la majesté,
La force, la douceur, la grâce, la beauté ;
Représentant le goût, Crébillon et Voltaire ,
Et Corneille, et Racine, et Régnard, et Molière ,

Les fait vivre et parler dans d'éloquens tableaux,
Où brillent dans les traits, les traits de Despréaux.
Ton dialogue enfin, que tout artiste admire,
Vient allumer ma veine et fait parler ma lyre.

LE TRENTE-UN,

POEME EN TROIS CHANTS.

> Père des grands forfaits, poison des citoyens,
> De l'ordre social tu romps tous les liens.
>
> *De l'ouvrage.*

CHANT PREMIER.

Quoi! dans ces temps nouveaux qu'éclaire un
   jour plus pur,
Où l'horizon plus doux luit sous un ciel d'azur;
Où le héros du siècle a brisé son tonnerre,
Et conquis les plaisirs et la paix à la terre;
Où son puissant génie, où ses heureux succès
Ressuscitent les arts, l'Europe et les Français;
Où les lois dans les cœurs ont repris leur empire;
Où de ses longs revers un peuple entier respire;
Où le Neptune anglais, terrible mais prudent,
Devant la France libre a baissé son trident;
Où vient briller encore, aux rives de la Seine,
Terpsichore et Clio, Thalie et Melpomène;
On voit se reproduire, à la honte des mœurs,
De l'infernal trente-un les jeux empoisonneurs!.....

A 3

Jeu cruel, qu'inventa Tisiphone en furie,
Source de tous les maux, fléau de la patrie,
Père des grands forfaits, poison des citoyens,
De l'ordre social tu romps tous les liens.
Moins terrible que toi, la boîte de Pandore,
Si fatale aux mortels, fut moins fatale encore!.....
Tes coups portent la mort : quand tu lances tes traits,
La plaie est incurable, elle saigne à jamais!....

    Banquier, vil scélérat, tu jouis de tes crimes!
Tu peux compter ton or, mais non pas tes victimes!...
Avec effronterie, avec impunité
Tu violes les lois, les mœurs, la probité.
A toute heure en public le crime frappe et veille,
Et le gouvernement, et se tait et sommeille?....
Non..... Sa main va fermer l'antre de Phalaris,
Où la rage s'exhale en lamentables cris!.....

    Fuis, toi qu'un sort fatal en ce repaire entraîne!
Le gain est impossible, et la perte est certaine.
Fuis!.... L'or qui t'éblouit est un appât trompeur.
Tu vois la rose..... Fuis!.... l'aspic est sous la fleur....
Là tout trahit ; tout prend un masque allégorique ;
Le luxe est imposteur, la fortune est magique.
Là l'autel de Plutus couvre d'affreux lambeaux ;
Le pavé sous tes pas recèle des tombeaux!....
Telle Arachné, dans l'ombre ayant tissu sa toile,
Tend à l'insecte ailé la gaze de son voile ;
Labyrinte où l'insecte embarrassé.... perdu....
Sucé.,... meurt de douleur, de fatigue éperdu....
Sous la peau du renard là paroît la panthère :
Le monstre en t'embrassant t'étouffe sous sa serre.

Sous les traits de Circé la mort cache sa faux!....
  Ah! le reptile impur qui se roule en anneaux,
Ne se dresse, ne siffle, et la langue enflammée,
N'imprime dans la chair sa dent envenimée,
Que pour chasser la faim qui l'ose tourmenter,
Ou punir l'imprudent qui vient de l'irriter :
Mais le banquier de jeu, semblable à la syrène,
Nous dérobe le piége où sa main nous entraîne.
Le Pactole chez lui roule ses flots dorés :
Perfide, il te promet des biens inespérés.
Il étale à tes yeux des richesses factices :
Espoir fallacieux!.... amorces séductrices!....
Déjà de ta dépouille il grossit son trésor ;
Et son or, dans ses mains fait passer tout ton or.
Il promet la fortune; il donne la misère ;
Et les lois et les dieux suspendent leur tonnerre!
Voleur infatigable, il t'arrache ton bien,
Et tel que l'Achéron, prend tout et ne rend rien.
Le monstre forcené s'acharne sur sa proie,
· Et comme le vautour, te ronge jusqu'au foie.....
  T'enfonce le poignard.... le retourne en ton flanc....
Et goutte à goutte encore epuise tout ton sang....
Et c'est un homme?..... Oh non !..... c'est un tigre
        effroyable......
Plus il dévore, et plus il est insatiable.....
Rien ne tarit sa soif..... rien n'appaise sa faim.....
Il appauvrit le riche, au pauvre ôte son pain ;
S'engraisse, se nourrit de sang, de cris, de larmes....
Et s'enivre de joie au milieu des alarmes.....
Fuis!.... Son feint Elysée est un enfer affreux!....

A 4

L'Etna qui dans les airs lance et darde ses feux,
Les sucs empoisonnés des plantes vénéneuses,
Les fureurs de parti, les passions haineuses,
La guerre et ses horreurs, la peste et ses fléaux,
Ont à la terre encore apporté moins de maux,
Que n'en fait en un jour par sa lave brûlante,
Du volcan du trente-un la foudre dévorante !

Muse, fulmine, tonne, écrase un jeu pervers.
Une sainte fureur inspire de bons vers.
Mais mon sujet s'étend, s'agrandit sous ma plume.
Ciel ! ma tête fermente, et mon esprit s'allume.
Un Dieu puissant m'obsède.... Ah ! l'indignation
Crée en l'être borné l'imagination.....

Impitoyable Dieu des peuples Ammonites,
Moloch, en Phénicie et chez les Moabites,
A du sang des humains vu rougir ses autels,
Où lui sacrifioient des prêtres plus cruels :
Et ces prêtres de sang, et ce dieu de la haine,
Sont la honte et l'horreur de la nature humaine.
Le banquier, plus terrible et plus barbare encor,
Immoleroit le monde à sa fureur pour l'or.
Ses mets les plus exquis, et ses vins les plus rares,
Tu les fournis toi seul, toi seul tu les prépares.
Ton or seul, ô joueur, a payé dans Paris
Son luxe, ses palais, ses boudoirs, ses Laïs.
Sur ses doigts étoilés avec pompe il étale
Le vert de l'émeraude et l'iris de l'opale.
Sybarite effréné, forçant tous ses désirs,
Il use ses beaux jours dans de honteux plaisirs,
Et dans les flots d'ivresse où s'abîme son âme,

Fait un trafic honteux de sa richesse infâme.
Il a le front d'airain, le cœur ossifié ;
A ses débordemens tout est sacrifié.
Féroce cannibale en ses repas splendides,
Il se roule à sa table avec les Euménides.
Sur leur sein furieux, dans des crânes sanglans,
De tokai, de luxure il enivre ses sens ;
Il dévore la chair, boit le sang des victimes ;
Et nouveau Minotaure il respire ses crimes !....
Ah ! quel autre Thésée en son dédale affreux,
Par une autre Ariane armé du fil heureux,
Osera sans effroi, surmontant toute crainte,
Anéantir le monstre avec le labyrinthe !....
   Mais pourquoi, dans mes vers, frénétique et
      brûlant,
Pour châtier le vice armé d'un fouet sanglant,
A ces brigands heureux vais-je faire la guerre ?
Espéré-je à ma cause intéresser la terre ?
Ah ! ma présomption ne peut tendre si loin ;
D'ailleurs, ils sont puissans ; épargnons-nous ce soin.
J'exhale en vers perdus une impuissante bile.
Quand par l'or on peut tout ; tout effort est stérile.
   Exprimons d'autres sons, et sans plus m'emporter,
Varions nos accords ; c'est l'art de bien chanter.
D'un ton plus radouci, d'une voix plus légère,
A l'art de déclamer unissons l'art de plaire.
Ces tapis verts empreints et de rouge et de noir,
Où l'inconstant hasard trahit un fol espoir,
Fuyons-les à jamais.... Au sein de la nature,
Des vices des cités purgeons notre âme impure.

Abandonnons Paris, et tous ses faux plaisirs,
Où tous les sens trompés trompent tous les désirs ;
Où dans un corps usé, dans une âme flétrie,
L'homme effréné détend les ressorts de la vie ;
Où l'excès du plaisir est père du dégoût ;
Où sans jouir de rien, nous abusons de tout ;
Où des faux protecteurs la bouche mensongère
Promet de vous servir pour vous être contraire ;
Où rampant par hauteur, bassement orgueilleux,
L'intrigant foule aux pieds l'artiste malheureux.
Transportons-nous aux champs où prodigue en
       largesses,
Ainsi que ses beautés étalant ses richesses,
La nature mobile et constante à la fois,
Varie avec concert ses immuables lois.

    La mer, la terre et l'air, cette voûte enflammée,
De rubis, de saphirs, de globes parsemée,
L'astre éclatant du jour, tous ces mondes divers,
La marche des saisons, l'ordre de l'univers,
Tout annonce d'un Dieu la puissance féconde ;
Du sceau de sa présence il marqua chaque monde.
Vil fardeau de la terre, opprobre des mortels,
L'athée en niant Dieu peut briser ses autels ;
Mais son pouvoir fatal trahit son impuissance.
Par la création Dieu dit son existence.

    Les bois et les vallons, la plaine et les côteaux,
Chargés d'arbres, de fleurs, de moissons, de troupeaux,
La cascade grondant, Philomèle qui chante,
Forment de vingt tableaux un tableau qui m'enchante.
Plus, je contemple, ô ciel, plus je veux admirer.

Sur tant d'objets divers mon œil va s'égarer.
La rosée embellit la campagne fleurie,
Et de perles d'azur sème sa draperie.
L'onde serpente ici dans le sein du verger ;
Là sous le hêtre à l'ombre un amoureux berger,
Faisant paître à l'entour ses brebis si chéries,
Livre son tendre cœur aux douces rêveries.
Enivré de plaisir, dans un riant bosquet,
Il cueille à sa bergère un champêtre bouquet.
Bientôt prenant en main la flûte harmonieuse,
Il exprime en soupirs la chanson amoureuse.
    Plus loin en groupe épars des pasteurs sous l'ormeau,
Dansent au son de l'aigre et rustique pipeau.
On saute sans mesure, et non pas sans décence :
Les sens ivres d'amour respirent l'innocence.
Des filles du hameau les cœurs purs, simples, vrais,
Ainsi que leur empire ont doublé leurs attraits ;
La grâce négligée est leur seule parure,
Et la beauté sans fard, brille sans imposture :
Leur âme sur leur lèvre a placé son miroir.
Tout l'art de la bergère, est de n'en point avoir.
Là l'amant est constant, et l'amante est fidelle ;
Et la plus vertueuse est toujours la plus belle.
Là par son voile heureux la naïve pudeur
Semble prêter encore un charme à la laideur !
    J'avance, en m'éloignant, vers le sombre bocage
Qu'embaume le lilas et la rose sauvage.
Que j'aime à respirer ces suaves odeurs,
L'encens de la nature et le parfum des fleurs !
Puis, sur une hauteur portant mes pas, ma vue,

Mon œil de l'horizon enferme l'étendue.
 Seul avec un ami dans le vaste lointain,
J'égare en jouissant un pas presqu'incertain.
Il est doux, tolérant, et philosophe aimable,
Littérateur instruit et censeur équitable,
Mon esprit attiédi s'allume au feu du sien,
Et toujours le bon cœur préside à l'entretien.
L'amitié lentement guide une marche errante
Vers les bords ombragés où le ruisseau serpente.
Là sur le gazon frais, et sous un dôme vert,
Nous lisons ou Racine ou Pope ou Saint-Lambert;
Et le charme des lieux, l'éclat de la nature,
Vient encore embellir, enchanter la lecture.
L'éclair étincelant de leurs vers lumineux,
Brille, et fait de leurs traits jaillir des traits heureux.
Leur cœur parle à nos cœurs, leur âme nous inspire;
Ovide ainsi d'Orphée a remonté la lyre !
 Là des sens révoltés les orages s'appaisent;
Un doux calme renaît, les passions se taisent;
L'ambition sans frein, la haine et ses fureurs,
De leur philtre infecté n'enivrent point les cœurs.
O bonheur ! rien n'attend, tout prévient l'espérance;
L'ivresse sans remords comble la jouissance;
Tous les désirs sont purs, tous les plaisirs sont vrais:
L'homme est par la nature heureux à peu de frais;
Sa beauté simple et riche inspire le poëte;
Le peintre pour la rendre en charge sa palète;
Et l'art de tous ses traits parfait imitateur,
De la nature encore est second créateur !
 Mais laissons à Thompson, et surtout à Delile,

Héritier du génie et du cœur de Virgile,
Peindre à grands traits, sans voile, à nos yeux en-
      chantés,
La nature, ses lois, ses horreurs, ses beautés,
Dérouler ses tableaux, expliquer ses miracles,
Arracher ses secrets et rendre ses oracles !....
    J'ai, des tableaux du vice, un moment respiré ;
Des délices des champs mon cœur s'est enivré !....
J'ai voulu, réchauffé par cette douce flâme,
Délasser mes pinceaux, purifier mon âme ;
Distraire, en les charmant, ma pensée et mes yeux.
S'il est intéressant, l'épisode est heureux.

CHANT II.

Dieux!... quel cri de fureur, quelle rage écumante
Désenchante mon âme, y jette l'épouvante ?...
Quels terribles objets reportent mon regard
Dans cette académie où règne le hasard ?
Que vois-je ?... quel contraste ?... Ah! mon cœur se
　　　　resserre !....
Le dupe, le fripon, le luxe, la misère,
Le banquier triomphant, le joueur consterné,
L'un qui demande encor quand l'autre a tout donné.
Ah! du spoliateur la barbare alégresse,
La joie étincelante et la féroce ivresse !...
Ah! l'homme qu'on dépouille, abîmé.... furieux.....
Maudissant la fortune et blasphémant les dieux.....
Se déchirant le sein..... avec lui-même en guerre.....
S'arrachant les cheveux.... se roulant sur la terre....
L'œil cerné de douleurs.... le regard enflammé....
Le teint livide.... pâle.... et le sang allumé....
Les traits décomposés.... le visage effroyable....
Méconnu par tout autre.... à lui-même exécrable....
Ses soupirs étouffés.... ses douloureux accens....
Me font frémir d'horreur, et glacent tous mes sens !...
Mais le banquier sans âme, élevant sa fortune
Sur les vastes débris de la perte commune,
S'applaudit de leurs maux, ouvrage de ses mains,
Tel Néron jouissoit en frappant les Romains !....

O que d'infortunés ce long cercle rassemble,
Pour enrichir autrui se ruinant ensemble !
Terres, maisons, contrats et joyaux sont vendus ;
Au dévorant Cerbère on les porte en tributs.
Caverne de Cacus !.... tonneau des Danaïdes !
On les emplit toujours, et toujours ils sont vides !.....
Commerçans, financiers, et mille autres encor
Dans ce gouffre sans fond abîment leur trésor ;
Tout y tombe à jamais. Le père de famille
Vient d'y perdre la dot et l'honneur de sa fille.
Confondu, sombre, morne, attéré, pâle, mort,
Il éprouve, il déguise, il couvre avec effort
Une terreur tranquille, une douleur muette,
Sous un calme apparent une fureur secrette.
Il concentre sa rage, et son cœur ulcéré
Dévore le poison dont il est dévoré !.....
Mais sur ses traits flétris son trouble se décèle,
Et le remords trahit le chagrin qu'il recèle.
Sa moitié caressante et ses tendres enfans,
Sans deviner la cause, ont senti ses tourmens ;
Leurs caresses, leurs pleurs lui sont un dur reproche ;
Eux volent dans ses bras, et lui fuit leur approche !...
Leur tendresse l'aigrit, loin de le consoler.
Son silence l'étouffe..... il ne peut leur parler.....
Il veut dire et se tait.... O perplexité dure !....
Son cœur sec fait gémir l'amour et la nature !....
Sa famille qui souffre en le voyant souffrir,
Ne conçoit pas ses maux, et lui peut les sentir !....
Epouse trop à plaindre, enfans trop déplorables,
Vos cœurs, s'ils savoient tout, seroient inconsolables,

Ah! respectez l'erreur qui couvre votre sort ;
L'affreuse vérité vous portera la mort!....
   Père, toi qu'a frappé la fortune barbare,
Quel jour t'a lui, grands Dieux!..... quelle nuit se
       prépare?.....
Un sommeil inquiet, une sombre langueur,
Fatigue ta paupière, et tourmente ton cœur.
O quels songes affreux!.... ô quelles agonies!....
Tu dors dans le Tartare et dans les insomnies!.....
O regrets éternels!.... ô cuisante douleur!.....
Un jour a dévoré quarante ans de bonheur!....
Prométhée au Caucase, Yxion sur sa roue,
Souffrent moins de tourmens que le mortel qui joue.
Il revoit le soleil comme un astre nouveau,
Et ses regards éteints ont éteint son flambeau.....
Il voit et ne voit pas..... tout lui paroît étrange....
Il trouve tout changé, quand c'est lui seul qui change...
Il veille et croit rêver.... Ah! mille anxiétés
Ont désorganisé l'âme et ses facultés ;
Le jour de la raison n'en perce plus les ombres.
   Mais parmi ces essaims de victimes sans nombres,
Favori de Plutus, comblé de ses bienfaits,
Un joueur plus heureux voit ses vœux satisfaits.
L'inconstante fortune, à tant d'autres rebelle,
Docile, apprivoisée, est aujourd'hui fidelle.
Mais toi qu'elle enrichit, rejette au loin ses dons ;
Sa main les infecta des plus cruels poisons.
Étouffe les transports où ton âme est en proie ;
Déplore ton bonheur, et frémis de ta joie ;
Tremble.... tu vas payer son barbare secours

De

De ton or, de tes biens, de ton sang, de tes jours!
  Mais lui-même triomphe, et plein de son ivresse,
Réalise en son rêve une fausse richesse;
Dans ses illusions croit avoir à son char
Attelé la fortune, enchaîné le hasard.
Ah bientôt!... Mais déjà possède en espérance
Un splendide palais, un héritage immense,
Équipage, livrée, et l'attirail pompeux
Que traîne avec orgueil le riche fastueux;
Et sur un gain présent tirant un faux augure,
Il fonde sur le sable une grandeur future.
Fier, insolent, superbe, il se croit tout permis;
Il foule ses égaux, brise avec ses amis.
Avare magnifique, égoïste coupable,
Il endurcit son cœur aux maux de son semblable;
Aux flatteurs, aux Phrinés prodigue son argent,
Donne tout aux plaisirs, et rien à l'indigent.
  Le riche, quel qu'il soit, qui pense et qui raisonne,
Du pied d'un sot orgueil ne sait fouler personne.
Noble avec modestie, et simple avec grandeur,
Il illustre son nom des vertus de son cœur,
Soulage l'infortune, * enrichit la misère,
Voit dans l'homme un égal et dans le pauvre un frère.
Alors fut-il issu du sang le plus abject,

---

* *Enrichit la misère.* Quelques puristes d'un goût sévère
critiqueront peut-être, sans le comprendre, cet hémistiche
qui m'a paru heureux et hardi; mais je suis sûr que le riche
bienfaisant l'entendra, et que le pauvre, riche de si peu,
le sentira.

B

Puissant sans vouloir l'être, il force le respect:
On lui rend le bienfait par la reconnoissance,
Et le bonheur d'autrui, voilà sa récompense!
Telle est de la vertu le charme impérieux :
Les mortels bienfaisans sont ici-bas des dieux!....
Mais sur la terre, hélas, dans les temps où nous sommes,
Diogène avec peine auroit trouvé des hommes!....
Je l'exprime à regret : plus d'un riche aujourd'hui
Se concentre en lui seul, en s'isolant d'autrui,
Et dur par caractère, et méchant par étude,
Sans être bienfaisant, crie à l'ingratitude.
Oh! riches indigens, de votre or si jaloux,
Le pauvre généreux est riche auprès de vous.

    Délices des grands cœurs, charme des belles âmes,
O bienfaisance!... heureux qui brûle de tes flâmes!...
Gloire au riche sensible, éclairé, vertueux,
Il honore surtout le talent malheureux.
Il distingue, encourage, accueille en sa retraite
Le peintre, le sculpteur, le savant, le poëte;
Mérite sa fortune, en jouit avec eux.
(On double son bonheur en faisant des heureux.)
Il voit par leur lumière, et pour eux il existe.
Protéger les beaux-arts, c'est enfanter l'artiste!

    Ah! dans son libre essor, oui l'art peut tout tenter;
Il appartient à lui comme aux dieux d'inventer.
Sans voix et sans ouïe un enfant vient de naître;
Imparfait avorton, Sicard finit son être;
Les Dieux l'ont ébauché, l'achevant après eux,
Des torts de la nature il a repris les Dieux!....
Le marbre est dur, glacé; mais, ô merveille!.. admire..

L'artiste *dit*.... Le marbre est sensible.... il respire...
De la difficulté l'artiste heureux vainqueur,
Sur la nudité même exprima la pudeur.
L'innocence est sans voile, et pourtant sans alarmes;
Sa candeur virginale enveloppe ses charmes.
Telle Eve au front modeste, au cœur céleste et pur,
Eclipsoit dans Eden l'éclat d'un ciel d'azur.
L'impossibilité fit naître les prodiges!
L'art a réalisé la fable et ses prestiges;
Il règne sur la terre, il émane des cieux;
Les dieux ont créé l'art, et l'art créa les dieux!

CHANT III.

Joueur, ouvre les yeux fermés à la lumière :
Pour toi de mon sujet je poursuis la carrière.
J'ai découvert le piége où l'on doit t'enlacer.
Sauve-toi maintenant, c'est me récompenser.
Oui, ton sort m'a touché, ton intérêt m'enflâme.
Ah! vois, vois par mes yeux, et pense par mon âme.
Ecoute un tendre ami qui gémit de tes maux.
Je vais frapper ton cœur par de plus forts tableaux!

C'est fait.... sa destinée est donc enfin remplie!
Et ma prédiction, grands Dieux, est accomplie!.....
Vois ce joueur si riche; il a tout consommé.....
Son gain, son or et lui dans l'abîme abîmé,
De son espoir trompé désenchante le rêve.
Il perd tout à jamais; son orgueil s'en soulève....
Il n'est monté si haut que pour tomber plus bas.
Epouvantable idée!.... Il ne se connoît pas....
Des secrets de son art ô merveilles fécondes!
Armide du chaos a fait jaillir des mondes!
Fond les glaces du nord par les feux du midi;
Sur l'abîme des rocs lance un palais hardi;
Transporte les cités dans les déserts sauvages;
Change les lieux, les temps, la nature et les âges;
De son pouvoir magique effet prodigieux,
Dans l'horreur des enfers précipite les cieux!

Puis, reproduisant tout sous sa forme première,
Soumet tout à ses lois par sa puissance entière !....
Mais lui.... qui lui rendra tout ce qu'il a perdu....
Fais ce prodige, ô Dieu !.... ce prodige est bien dû....
Mais non... Rien... Sans retour sa fortune est ravie...
De l'empire des morts revient-on à la vie ?....

    Un dépit noir, secret, une sombre fureur
Fermente, et sourdement murmure dans son cœur.
Le désespoir l'abat.... la douleur le déchire....
La rage le transporte.... et l'enfer y respire !....
De ses feux ténébreux il languit consumé,
Dardé par le remords d'un trait plus enflammé !....
Telle, quand l'air condense un nuage de poudre,
Une sombre vapeur noircit les cieux.... La foudre,
Qu'à traits précipités a devancé l'éclair,
De ses flèches de feu darde, brûle et fend l'air.

    Infortuné joueur, ah ! la mélancolie
Dévore en un instant le flambeau de ta vie !
Dans l'abîme des maux que les destins t'ont faits,
Tu te cherches toujours sans te trouver jamais.
Les douceurs de l'amour, le cri de la nature,
N'enflamment plus tes sens de leur volupté pure.
L'amitié consolante et son philtre enchanteur
N'adoucit plus tes maux, et s'aigrit sur ton cœur.
Tu te roidis à tout.... Tout te rend inflexible....
Et la seule douleur te trouve encor sensible !....

    En vain Paris étale à tes sombres regards
L'orgueil de ses palais, les chefs-d'œuvres des arts,
Des spectacles pompeux le charme et l'harmonie,
Ces marbres animés, prodiges du génie,

Où de l'antiquité respirent les héros
Qu'un ciseau créateur évoqua des tombeaux;
Sous les traits du pinceau cette toile vivante,
Où la fable est réelle, où l'histoire est parlante:
Rien ne peut te soustraire à ton accablement;
D'un œil désenchanté tu vois l'enchantement!....
  Traînant avec effort ta pénible existence,
Tu crois avoir perdu tout jusqu'à l'espérance.
Ton âme que le sort veut doublement punir,
Sent dans les maux présens les maux de l'avenir,
Et tout entière enfin brisée, anéantie,
Aspire à déposer le fardeau de la vie!....
Ah! tes chagrins cuisans et tes soucis rongeurs
Ont déchiré mon âme et m'arrachent des pleurs....
Qu'un autre sans pitié, sans respect pour ton être,
Insulte à tous tes maux, trop mérités peut-être;
Qu'il rie avec éclat de ta sombre douleur,
Et l'outrage à la bouche exalte avec fureur
La barbare vertu de son âme inflexible;
Moi je pleure sur toi... je suis homme et sensible....
  Ah! fais pour triompher les plus puissans efforts;
Un heureux repentir ennoblit les remords.
Plût aux dieux.... Mais en vain cette voie est ouverte;
Il suit un noir démon qui le pousse à sa perte.
Des amis qu'il n'a plus un seul le voit encor.
Il vole son ami, lui ravit son trésor.
O passion terrible!.... aveuglement funeste!....
Le trésor est perdu!.... le crime seul lui reste!....
La misère.... l'opprobre.... ô comble de malheurs!...
Son cœur est tout glacé...ses yeux n'ont plus de pleurs,..

Immobile.... absorbé dans sa douleur mortelle....
Il court... Dieux! un poignard dans ses mains étin-
  celle.....
La mort... La mort... dit-il. *Arrête, écoute-moi.*
Ton calme affreux.... ce fer me fait pâlir d'effroi....
Tu n'es que malheureux, tu deviendrois coupable.
Crains d'un Dieu courroucé la justice implacable.
Vis ; l'avenir te reste, il le faut ennoblir :
L'épreuve du malheur doit t'apprendre à souffrir.
Mais il ne m'entend pas.... et sa main parricide
A déjà consommé son lâche suicide....
Dieu clément, dans son âme, à son dernier soupir,
Pour expier sa mort verse le repentir.
Grâce, Dieu tout-puissant.... ah! sauve la victime....
Les banquiers, par ses mains, ont seuls commis le
  crime.....
 J'ai teint de sang pour toi ce tableau douloureux :
Ton destin est écrit dans cet exemple affreux.
Que l'âme le médite, et que l'œil le contemple!
Change, pâlis, frémis, mets à profit l'exemple.
Joueur, il faut te vaincre.... Est-ce un si grand ef-
  fort ?....
Aime-t-on ce qui donne et l'opprobre et la mort?.. .
N'imprime pas sur toi le sceau de l'infamie.
Réveille enfin ton âme en la honte endormie ;
Tout en prescrit la loi ; le prix en est flatteur :
Bonheur, vertu, repos, fortune, vie, honneur....
Fuis ces lieux infectés qu'on ne peut trop proscrire ;
La vapeur des tombeaux est l'air qu'on y respire!....
 Es-tu riche?.... au malheur donne ton superflu.

Es-tu pauvre?... travaille : ainsi Dieu l'a voulu.
Artiste?... à ton destin livre ton âme entière;
Fais respirer la toile, anime la matière;
Peins le consul, *d'un mot* recréant vingt états;
Les Alpes dont le front s'abaisse sous ses pas;
Ce Solon redonnant aux peuples d'Italie,
Des mœurs, un culte, un Dieu, des lois, une patrie.
Poëte?... avec transport suis les arts libéraux :
La scène, l'épopée attendent tes travaux.
Du siècle du génie, ô divines merveilles!
Un regard de Louis enfantoit les Corneilles....
Es-tu fils d'Esculape?... au dieu, tel qu'un Jenner,
Surprends d'heureux secrets, marche avec lui de pair;
Comme son bouclier la beauté le contemple :
Aux succès de son art Cypris élève un temple.
Politique?... à l'état consacre tous tes vœux;
C'est par d'heureuses lois qu'on rend un peuple heu-
    reux.
Acteur?... nouveau Lekain, à l'art soumets l'obstacle:
Le talent de l'artiste achève le spectacle.
Les Contat, les Molé, les Talma, les Raucour,
De tout Paris charmé sont la gloire et l'amour....
Enfant de Mars, enfin?... que la gloire t'entraîne;
Peut-être en toi respire un Vauban, un Turenne.
Vous qu'enflamme l'honneur, fuyez un vil repos;
Regardez Bonaparte, et vous êtes héros!....

   Grands qui parez vos noms des titres de vos pères,
Sachez réaliser ces flatteuses chimères.
Sans les titres du cœur, vos parchemins sans prix
S'ils ne brillent par vous, à nos yeux sont flétris.

En vain votre origine aux premiers temps remonte :
Ces dépôts de l'orgueil accusent votre honte.
Descendans des héros, il faut l'être comme eux.
On compte les exploits et non pas les aïeux....
Les vertus, les talens sont la seule noblesse;
Celle-ci flatte l'âme et la vôtre la blesse.
Vos aïeux furent grands aux yeux des nations,
Non par leurs parchemins, mais par leurs actions.
Recréez de Desaix l'âme en vertus féconde,
L'orgueil de sa patrie et la gloire du monde....

    O Desaix! A ce nom tout mon cœur transporté,
Palpite de douleur.... frémit de volupté....
Des sentimens rivaux confondent ma pensée;
Délicieusement mon âme est oppressée.
Dieux!... Epaminondas n'est plus pour les Français....
Que dis-je?... dans nos cœurs il respire à jamais....
Cent monumens divers honorent sa mémoire.
La tombe d'un grand homme est l'autel de la gloire.
Mon regard douloureux s'y plonge avec lenteur....
Je souffre avec plaisir.... j'admire avec terreur....
Son courage sublime et ses vertus célèbres
Brillent.... et de la mort effacent les ténèbres!
Surpris et confondus, je vois se marier
Le cyprès funéraire à l'immortel laurier.
Desaix, foudre de guerre et modèle des sages,
Ton grand nom planera sur l'abîme des âges!.....

    Que dois-je dire ici des vains efforts d'un art
Dont le calcul trompeur croit tromper le hasard?
O science des sots, affreuse martingale,
Secret de Lucifer, loterie infernale,

Dont tous les résultats malheureux et cruels
Promettant de faux biens portent des coups réels!
Des joueurs abusés la stupide démence
Pour un profit léger fait une perte immense.
Digne fruit du trente-un, art plus fatal encor,
Qui pour un écu seul absorbe un monceau d'or!....
Et des Mandrins nouveaux l'osent mettre à l'enchère?
Et l'ignorant crédule achète leur chimère?
Le poison de Médée est moins prompt et moins fort!
O joueur, que bois-tu? — *Le nectar.* — Non, la
    mort!....
Marchands de tels secrets, tremblez tous.... La justice
Doit arracher le vol des mains de l'artifice.
    O vous que pulvérise une muse en courroux,
Pour vous justifier, que me répondrez-vous,
Banquiers de jeux?... parlez... vous gardez le silence...
L'infortune confond votre infâme opulence.
Tout peint vos cruautés.... sur vos riches habits,
En lettres d'or, de sang, vos forfaits sont écrits....
Ah! par vous dans le deuil, les pleurs et la misère,
L'épouse est sans époux, et le fils est sans père!...
Dans la société vous lancez ces essaims
D'aventuriers perdus, de voleurs assassins....
Ah! qu'à ce prix, ô ciel! la fortune est affreuse!....
Ah! des maux qu'elle enfante, une âme est-elle heu-
    reuse?
De la haine publique à jamais écrasés,
Au tribunal des mœurs vous êtes accusés!......
    Toi, citoyen français?...... banquier, tu n'es pas
    homme!.....

On eût flétri ton nom dans Athène et dans Rome.
Le Français doit encore aux peuples corrompus,
Comme de la valeur l'exemple des vertus !...
     Je ne puis trop le dire, éclairant ces ténèbres,
Ah ! qui déchirera tous nos crêpes funèbres !
Qu'on purge de ces jeux tout Paris infecté,
Et qu'on cherche la place où ces jeux ont été !...
O que n'ai-je d'Hercule, en mes mains intrépides,
Et la lourde massue, et les flèches rapides ;
Brisé de mille coups.... percé de mille traits....
L'abime iroit au loin s'abîmer à jamais....
Mais, dieux !... la volonté n'est rien sans la puissance.
C'est au héros du monde à remplir ma vengeance ;
Il le doit à sa gloire, à ses derniers bienfaits :
Son sort est en tout temps de sauver les Français....
Le consul tout-puissant joint d'une main féconde,
La France à l'Angleterre, et la rattache au monde.
Miracle politique, et qui va réunir
Les suffrages entiers des siècles à venir !...
     Quel démon m'inspira cette fureur d'écrire ?
Pour le feu du génie ai-je pris mon délire ?...
L'amour-propre dit *oui ;* la vérité dit *non.*
J'écoutai le délire, écoutons la raison.

Il faut, pour captiver l'âme, l'esprit, l'oreille,
Brûler comme Bernard, penser comme Corneille ;
Exprimer dans ses vers, d'un enchanteur pinceau,
La touchante beauté des vers de Colardeau ;
Sentir comme Racine, éblouir comme Homère,
Rembrunir comme Young, briller comme Voltaire ;
Apprécier le vrai, le grand, l'exquis, le beau,

Et d'un goût épuré juger comme Boileau ;
Animer, varier teinte, couleur et style ;
En vers harmonieux peindre comme Delile ;
Unir grâce, enjoûment avec la passion,
La chaleur électrique à l'érudition ;
Partout dans ses écrits darder des traits de flâme.
C'est peu de la science, il faut encore une âme.
Malheur à l'écrivain froid par tempérament,
Qui ne brûle un sujet du feu du sentiment,
Dont la verve de glace et la muse forcée
Sont filles du travail et non de la pensée !...
Tout ouvrage est heureux quand le cœur a dicté :
Le talent a prévu, le génie inventé ;
L'esprit imite, suit ; le goût choisit, épure,
Et des traits ébauchés l'art finit la peinture....

Maintenant, foible auteur, oserai-je, grands dieux,
Suivre l'aigle hardi qui se perd dans les cieux ?
Oh ! non, je ne suis pas ce que je voudrois être ;
Je l'avoue, et j'apprends.... au moins à me connoître.

Ah ! quand l'esprit échoue en cet art dangereux,
Si superbe, si fier, l'amour-propre est honteux ;
En voulant l'honorer on flétrit sa mémoire,
Et l'on trouve l'opprobre où l'on cherchoit la gloire....

Législateurs du goût, en lisant cet écrit,
Jugez l'intention, ne jugez pas l'esprit.
A ces vers si le goût refuse son suffrage,
En faveur du sujet faites grâce à l'ouvrage.

F. P. LEYRIT.

SATIRE

DES

ROMANS DU JOUR.

RÉPONSE

A

L'AMITIÉ.

Toi qui du sombre Young imitant les tableaux,
As ravi ses couleurs dans la nuit des tombeaux ;
Que ta belle Narcisse, et sa mort, et ses charmes,
Ont attendri mon cœur, ont fait couler mes larmes !
D'un père au désespoir tu peins le sentiment ;
Et la nature en deuil gémit éperdûment.
    Que mon esprit s'allume au feu de ta pensée !
Prête-moi ces accens d'une oreille exercée,
Et ces sons modulés qui forment tes accords,
Et ces traits éloquens, tantôt doux, tantôt forts ;
Et ces élans divins, et ces fougues brillantes,
Des foyers de ton cœur expressions brûlantes.

De la gloire à mes yeux fais luire les flambeaux ;
Fais pétiller ma veine et conduis mes pinceaux.
Toi seul tu me tiens lieu d'Apollon, d'Uranie :
Ton ardente amitié, voilà tout mon génie ;
Et l'heureuse chaleur de tes vifs entretiens,
Enflamme et teint mes vers du coloris des tiens.

SATIRE

SATIRE

DES

ROMANS DU JOUR,

Considérés dans leur influence sur les mœurs
et le goût de la nation.

Quand le cœur est blessé, l'esprit n'a plus de frein.
De l'ouvrage.

En ces jours corrompus, la foule des romans
Egare la raison, souille l'âme et les sens.
Je vois les mœurs en deuil exprimer leurs alarmes :
Les muses dans les pleurs semblent noyer leurs
    charmes.
Partout le vice insulte aux préceptes du goût;
Son souffle empoisonné flétrit et corrompt tout.
La pudeur ingénue, heureux charme du sage,
Trésor de la beauté, parure du bel âge,
Qui jadis entraînoit tous les cœurs à sa voix,
Et du plus chaste amour dictoit les saintes lois,
A fait place, en ces temps, à l'affreuse licence.
Le plaisir effronté fait rougir l'innocence.
    L'homme abuse souvent des plus rares bienfaits.
Les arts, présens du ciel, source de mille attraits,

C

Qui parsèment de fleurs les ronces de la vie,
Ces enfans de la paix, du goût et du génie,
Pervertis par le crime, avilis par l'erreur,
Des molles voluptés alimentent l'ardeur.
Vénus est sans ceinture, on la peint toute nue;
L'impudeur de son front me fait baisser la vue.
Le ciseau, le burin, par nos mains profanés,
Allument dans nos sens des transports effrénés.
Mille excès monstrueux outragent la nature;
Le dieu d'hymen n'est plus qu'un démon de luxure.
O combien parmi nous la fureur des romans
Accélère le cours de ces débordemens;
Comme ils couvrent de fleurs les bords du précipice,
Et font boire à longs traits dans la coupe du vice!
   Il en est cependant que l'on doit avouer.
Je chéris *Paméla;* je me plais à louer
Et *Gilblas,* et *Clarisse,* et surtout *Télémaque*
Qui pour chercher son père, abandonnant Ithaque,
Brava Neptune, Eole, et guidé par Mentor,
Surmonta l'amour même, écueil plus grand encor.
O que peu d'écrivains imitent ce modèle!
O combien emportés d'une ardeur criminelle,
Abjurent tout principe! Et d'abord la pudeur
M'interdit de nommer ceux qui bravant l'honneur,
Et dévoilant aux yeux mille tableaux ciniques,
Sont de poisons infects les sentines publiques.
   Quoiqu'à demi voilés, d'autres, dans leurs tableaux,
Sont d'un génie impur les chefs-d'œuvres nouveaux;
Les Bijoux indiscrets sont un affreux scandale,
Où les obscénités révoltent la morale :

Médisante chronique où l'on révèle au jour
Les larcins de l'hymen, les crimes de l'amour.
Un auteur célébrant de honteuses foiblesses,
Illustre son *Faublas* par d'indignes prouesses;
Et de la volupté rehaussant les attraits,
Souille un papier coupable en colorant ses traits.
C'est déshonorer l'art, avilir le génie;
Dans un cœur vierge encor c'est porter l'incendie.
 Le roman d'*Héloïse*, énergique, éloquent,
Sous un style enchanteur cache un venin brûlant.
Au printemps de ses jours Phrosine étoit aimable,
Elle goûtoit encor ce charme délectable
Qu'on savoure à longs traits dans le calme des sens;
Son cœur pur, de l'amour ignoroit les tourmens :
Elle lit *Héloïse*, et soudain dans son âme
S'allume avec fureur une brûlante flâme.
Désirs impétueux, sans cesse renaissans,
Voilà ses dieux; eux seuls irritent tous ses sens.
Bientôt cette beauté qu'égare son ivresse,
Expie en un long deuil un moment de foiblesse.
Ah! faisons comme Ulysse, et d'un esprit sensé,
Prévenons la fureur des poisons de Circé.
Fermons, fermons l'oreille à la voix des syrènes!
Hélas! lorsque voguant sur les liquides plaines,
Nous nous abandonnons à ce calme trompeur ,
D'un orage imprévu sinistre avant-coureur,
L'air s'embrase à l'instant, les aquilons mugissent,
Et les flots entr'ouverts soudain nous engloutissent.
 Si parmi nous le vice impudent, déhonté,
Lève une tête altière avec impunité;

Si ne rougissant plus d'une flamme adultère,
On outrage l'époux qui doute s'il est père;
Si tout est travesti; si trafiquant l'honneur,
On traite la vertu de scrupule et d'erreur,
Il faut en accuser de funestes lectures,
Et d'un pinceau lascif les lascives peintures.
Le cœur est-il de glace au milieu des volcans?....
Le jeune homme emporté par la fougue des sens,
Précoce et devançant le vœu de la nature,
Se plonge tout entier dans une source impure;
Empoisonnant ses goûts et souillant ses amours,
Sur le sein des Laïs dévore ses beaux jours.
Tel un jeune satyre, écartant toute honte,
Outroit tous les excès dans les jeux d'Amathonte.

Que dois-je dire encor de ces romans sans goût,
Que l'esprit dépravé fait éclore partout?
Tels sont ces noirs essaims d'innombrables insectes
Que l'on voit pulluler en des plaines infectes.

Ces portraits sans dessins, ces causes sans effets,
Ces lambeaux sans ensemble, avortons imparfaits,
Ces capitans poltrons, ces héros gigantesques,
A la fois grands et vils, sublimes et grotesques;
Ces époux mal unis, ces forcenés amans,
Ces haines de l'amour, ces raccommodemens,
Ces jalouses fureurs, ces courses vagabondes
Dans l'espace inconnu de fantastiques mondes;
Ces coups prémédités, ces feints enlèvemens,
Tout cet affreux fracas d'affreux événemens,
De monstrueux objets monstrueux assemblage,
Sont le charme du peuple, et le mépris du sage.

Les romanciers anglais, dans leurs sombres vapeurs,
Epouvantent l'esprit de tragiques horreurs.
Carnage, visions, images effroyables,
Catastrophes, délire et spectres lamentables,
Telles sont les couleurs qui noircissent leurs traits.
Et notre avidité dévore ces portraits!
Quel étrange engoûment! quelle triste manie!
Le Français est-il né pour la mélancolie?
De là partent encor ces applaudissemens
Que la scène prodigue aux drames allemands;
Ce comique pleureur, et ces carricatures,
Ce tragique où l'on rit, absurdes bigarrures :
De là ces tours forcés, bizarrement pompeux,
Ces fleurs d'un faux éclat, ce style ténébreux,
Ce goût oriental, ces fausses métaphores,
Ces foudres sans chaleur, fugitifs météores,
Cet art sans naturel, ce naturel sans art,
Ces jeux de mots, ces riens enluminés de fard,
Ces contes imposteurs, ces fables ridicules,
Alimens éternels de mille esprits crédules,
Dont le pouvoir magique, en fascinant les yeux,
Confond tous les objets, déplace tous les lieux.

Des écrits mensongers poursuivant la chimère,
Lise, le cœur perdu, n'est plus épouse, mère;
Bientôt du saint hymen brisant les chastes nœuds,
Elle suit des Phrynés les exemples honteux.

Tout mensonge brillant n'a qu'un éclat perfide.
Par Minerve éclairés, que son flambeau nous guide.
Oui, la raison, le goût, les mœurs, la vérité,
Se prêtent tour à tour une vive clarté.

Par des enchantemens la vue est éblouie,
Et la frivolité fait naître la folie.
De là ces grands écarts, cette perversité
Entraînant le Français loin du but emporté;
Dans son délire sombre, et ses cruautés folles,
Encensant tour à tour et brisant ses idoles.

Quand le cœur est blessé, l'esprit n'a plus de frein.
C'est Didon qui se plonge un poignard dans le sein;
C'est Léandre amoureux qui pour Héro se noie;
C'est Pâris dont les feux ont incendié Troie;
C'est Sapho qui d'un roc élancé dans les airs,
Tombe, s'abîme et meurt dans l'abîme des mers.

De romans nouveaux nés toujours une coquette
Avec art s'étudie à parer sa toilette :
Mais déjà son lever voit de rians lecteurs;
Un essaim bourdonnant de jeunes séducteurs,
Voltige avec constance autour de l'infidelle;
Chaque amant va, revient, et folâtre avec elle.
Sans force, sans chaleur, incapable d'effort,
L'âme oisive y languit, s'effémine et s'endort.
Et l'attrait des boudoirs, et l'esprit des coulisses,
Des secrets de Cypris instruit les cœurs novices.

Souvent la volupté dégrada les héros,
S'arma d'un fer barbare, et creusa les tombeaux.
Par l'excès des plaisirs la nature est vengée.
Dans un cloaque impur Sybaris est plongée.
Pour la femme d'Uri David brûle, et soudain
David est un monarque adultère, assassin.
Voyez Sardanapale avec son or, ses femmes,
Désespéré, perdu, s'engloutir dans les flammes.

Salomon, surnommé le plus sage des rois,
Chéri de l'Eternel, juste et grand à la fois,
Par ses nombreux sérails et son idolâtrie,
Vit sa splendeur éteinte et sa vertu flétrie.
Et Samson dont le bras, mû par l'esprit divin,
Vainqueur, extermina l'insolent Philistin,
Vaincu par son amour, trahit, dans son ivresse,
Le secret de sa force aux pieds de sa maîtresse.
    Un roman, quel qu'il soit, n'est jamais sans dangers
Pour des âmes sans force et des esprits légers.
Le prestige de l'art leur est toujours funeste.
Zulime est à la fois riche, belle et modeste;
De toutes les vertus l'éclat brille en ses yeux :
Mais, ciel! un Lovelace a fixé tous ses vœux.
S'enivrant du poison qui brûle dans ses veines,
Elle irrite sa flamme, elle adore ses chaînes;
Elle aime avec transport ce libertin brillant,
Qui par le faux éclat d'un esprit pétillant,
Prête à tout, même au vice, une couleur aimable,
Et sous d'heureux dehors recèle un cœur coupable.
Zulime, de Vénus respire la fureur,
Brave, ne connoît plus la nature, l'honneur;
Sourde aux cris douloureux d'une mère chérie,
Son amant est son tout, son idole, sa vie;
Et les nœuds imprudens qu'elle est prête à former,
Dans un gouffre de maux vont bientôt l'abîmer.
    D'autres abus encor naissent de ces ouvrages;
Eux seuls sont lus, eux seuls usurpent les suffrages.
L'imagination n'aime plus qu'à rêver.
Le bonheur qu'on cherchoit on a cru le trouver

Dans les illusions de ses vaines pensées ;
Les écrits lumineux, les études sensées,
Tout ce qui nourrit l'âme et la réflexion,
Forme le jugement, fixe l'attention,
Ecarte de l'erreur l'amorce séductrice,
A perdu ses attraits. Le cœur, avec délice,
Dans un monde idéal se plaît réellement.
Sur le fleuve de Tendre on nage aveuglément.

Dois-je parler ici de ces contes de fée,
Charme, tourment, plaisir, effroi de la pensée,
Qui saisissant l'enfance au sortir du berceau,
Assiégent l'homme encore aux portes du tombeau ;
Des premiers sentimens tant la force est puissante.
Sur un sol infécond, telle une jeune plante
En proie à son aurore, aux injures des airs,
Aux ardeurs des étés, aux glaces des hivers,
Frappée à sa racine, en son accroissement,
Jamais de nos bosquets ne sera l'ornement.

Si des siècles passés j'interroge l'histoire,
Quels traits frappans soudain parlent à ma mémoire!
Mille preux chevaliers, ces héros de romans,
Intrépides guerriers et généreux amans,
Mariant la bravoure à la galanterie,
Promènent en cent lieux leur errante folie.
Si d'un sexe adoré les charmes tout-puissans
Offrent un vaste écueil à l'empire des sens,
Pourquoi lui rendre encore un plus funeste empire?
Si la nature veut que ce sexe respire
Pour combler le bonheur, pour adoucir les maux
De l'homme qui gémit sous le poids des travaux,

Ah ! faut-il l'égarer par des séductions,
Chimériques enfans de folles visions ?
Les femmes, par leur nom et leurs vertus célèbres,
Qui de la nuit des temps ont percé les ténèbres :
Véturie invoquant la nature et ses cris,
Sauvant Rome perdue en désarmant son fils ;
Zelmire de son sein alimentant son père,
O prodige ! à la fois et sa fille et sa mère ;
Pénélope fidèle à la foi des époux,
Repoussant mille amans l'un de l'autre jaloux ;
Cornélie, Andromaque, et Susanne, et Lucrèce,
Fuyoient des voluptés la voix enchanteresse.
O vous qui du génie avez reçu les dons,
N'allez pas, préparant de magiques poisons,
Les semer avec art dans un écrit perfide !
C'est déguiser la mort sous les charmes d'Armide.
Ah ! de plus grands objets aux talens sont offerts :
Peignez-nous Lavoisier éclairant l'univers ;
Newton armé du prisme, et, d'une main savante,
Divisant du soleil la robe étincelante ;
Franklin qui sut ravir, d'un bras victorieux,
Et le sceptre aux tyrans, et le tonnerre aux dieux ;
Les Lafond, les Contat ramenant sur la scène
Les beaux jours de Thalie et ceux de Melpomène ;
Des Grétry, des Méhul répétez les concerts ;
Montrez-nous Garnerin voyageant dans les airs ;
Jenner, dieu de son art, qu'adore Cythérée ;
Lalande calculant les feux de l'empirée ;
Saint-Lambert philosophe et poëte à la fois ;
Laharpe qui du goût a proclamé les lois ;

Delille animant tout dans ses tableaux champêtres;
Buffon d'un seul regard embrassant tous les êtres;
Sicard des sourds-muets créant l'âme et les sens;
Fourrier * perçant la nuit où se cachoient les temps;
Imitez des David les touches animées,
Toutes les passions sur la toile enflammées :
Ce sont là des tableaux dignes de vos regards.
Ainsi l'artiste honore et fait aimer les arts.

Qu'est-il encor besoin du mensonge des fables?
Clio parle, elle peint mille faits mémorables.
La France renaissante à la voix des héros,
A vu briller le jour dans la nuit du chaos.
Oui, lorsque la victoire, en déployant ses ailes,
Fait rayonner nos fronts de palmes immortelles,
Qu'est alors tout l'éclat, tout l'art des fictions?
Si l'âme s'agrandit aux grandes actions,
Célébrons du consul le suprême génie;
Il dit, et la Tamise à la Seine est unie.

---

* Voyez à ce sujet l'extrait d'une lettre du cit. Fourrier,
membre de la commission des sciences et arts d'Egypte, au
cit. Bertholet. Courier universel, n°. 644; an 10.

Verny aîné, *de Riom, département*
Puy-de-Dôme.

www.ingramcontent.com/pod-product-compliance
Ingram Content Group UK Ltd.
Pitfield, Milton Keynes, MK11 3LW, UK
UKHW031742170726
13836UKWH00002B/829